CME-K
2nd Edition

補充練習　繁體版
Traditional Character Version

Worksheets
CHINESE MADE EASY
FOR KIDS 輕鬆學漢語 少兒版

1

Yamin Ma

Joint Publishing (H.K.) Co., Ltd.
三聯書店（香港）有限公司

Chinese Made Easy for Kids (Worksheets 1)

Yamin Ma

Editor	Hu Anyu, Li Yuezhan
Art design	Arthur Y. Wang, Yamin Ma
Cover design	Arthur Y. Wang, Zhong Wenjun, Sun Suling
Graphic design	Zhong Wenjun
Typeset	Sun Suling

Published by

JOINT PUBLISHING (H.K.) CO., LTD.

20/F., North Point Industrial Building,

499 King's Road, North Point, Hong Kong

Distributed by

SUP PUBLISHING LOGISTICS (H.K.) LTD.

16/F., 220-248 Texaco Road, Tsuen Wan, N.T., Hong Kong

First published April 2012

Second edition, first impression, September 2015

Second edition, third impression, December 2020

Copyright ©2012, 2015 Joint Publishing (H.K.) Co., Ltd.

E-mail:publish@jointpublishing.com

輕鬆學漢語　少兒版（補充練習一）〔繁體版〕

編　　著	馬亞敏
責任編輯	胡安宇　李玥展
美術策劃	王　宇　馬亞敏
封面設計	王　宇　鍾文君　孫素玲
版式設計	鍾文君
排　　版	孫素玲
出　　版	三聯書店（香港）有限公司 香港北角英皇道 499 號北角工業大廈 20 樓
發　　行	香港聯合書刊物流有限公司 香港新界荃灣德士古道 220–248 號 16 樓
印　　刷	美雅印刷製本有限公司 香港九龍觀塘榮業街 6 號 4 樓 A 室
版　　次	2012 年 4 月香港第一版第一次印刷 2015 年 9 月香港第二版第一次印刷 2020 年 12 月香港第二版第三次印刷
規　　格	大 16 開（210 × 260mm）68 面
國際書號	ISBN 978-962-04-3712-0

© 2012, 2015 三聯書店（香港）有限公司

前言

　　編寫《輕鬆學漢語》少兒版補充練習冊（第二版）的目的，是希望學生能通過各種題型的相關練習，鞏固所學的語言知識，提高語言技能。

　　作爲課本和練習冊的補充材料，本書既可以供教師在課上當作練習使用，也可以作爲學生的課下作業。還可以作爲考卷，用來測試學生對每課內容的掌握程度。

馬亞敏

2015年5月

目 錄

第一課　一二三

Draw animals to show numbers.

① sān
三
ducks

② èr
二
chickens

③ yī
一
cat

④ wǔ
五
birds

⑤ sì
四
dogs

第一課　一二三

Write the numbers in Chinese.

第一課　一二三

A Write the strokes.

① [ ]
héng

② [ ]
shù

③ [ ]
piě

④ [ ]
nà

B Write the tones as required.

1) | ā | first tone

2) | o | second tone

3) | e | third tone

4) | a | fourth tone

5) | o | third tone

6) | e | first tone

C Match the numbers with English.

① 一

② 五

③ 二

④ 四

⑤ 三

ⓐ two

ⓑ one

ⓒ three

ⓓ five

ⓔ four

3

第一課　一二三

Write the numbers in Chinese.

①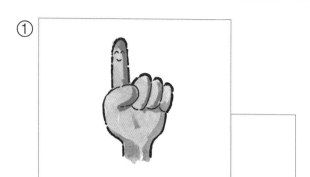

②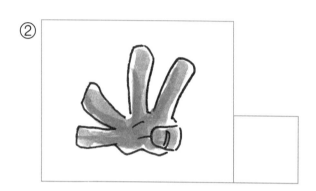

③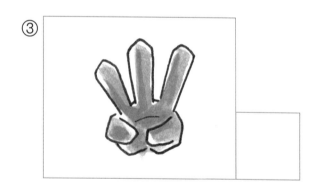

④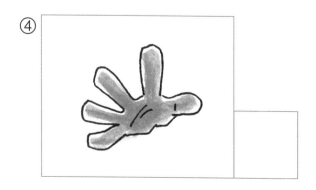

⑤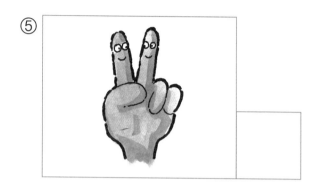

⑥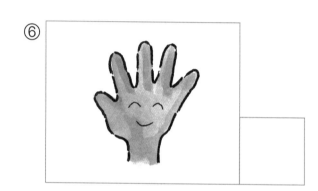

⑦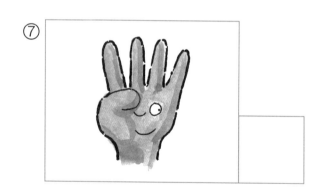

⑧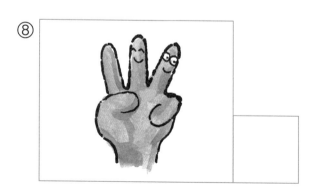

第二課　六七八

Draw animals to indicate numbers.

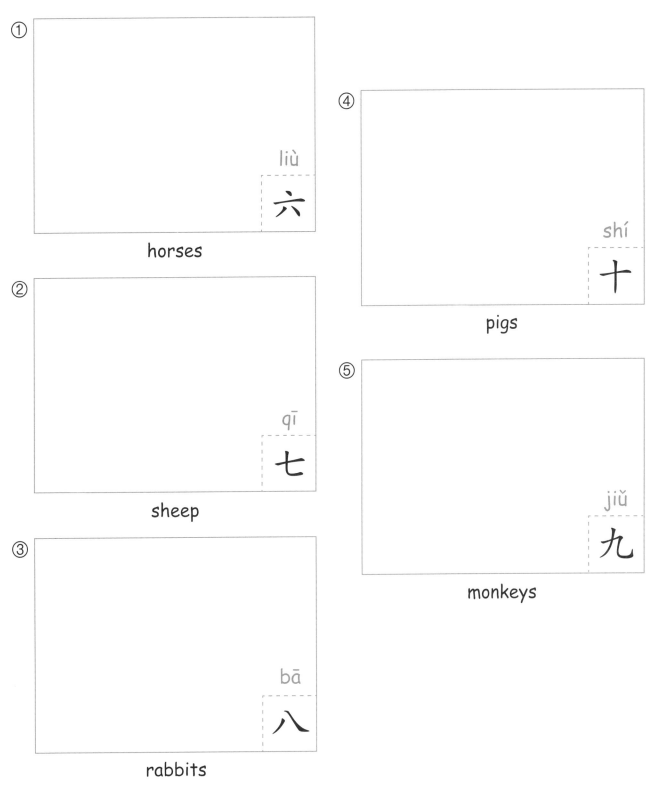

① liù

六

horses

② qī

七

sheep

③ bā

八

rabbits

④ shí

十

pigs

⑤ jiǔ

九

monkeys

第二課　六七八

Use different colours to colour in different shapes and then write the numbers in Chinese.

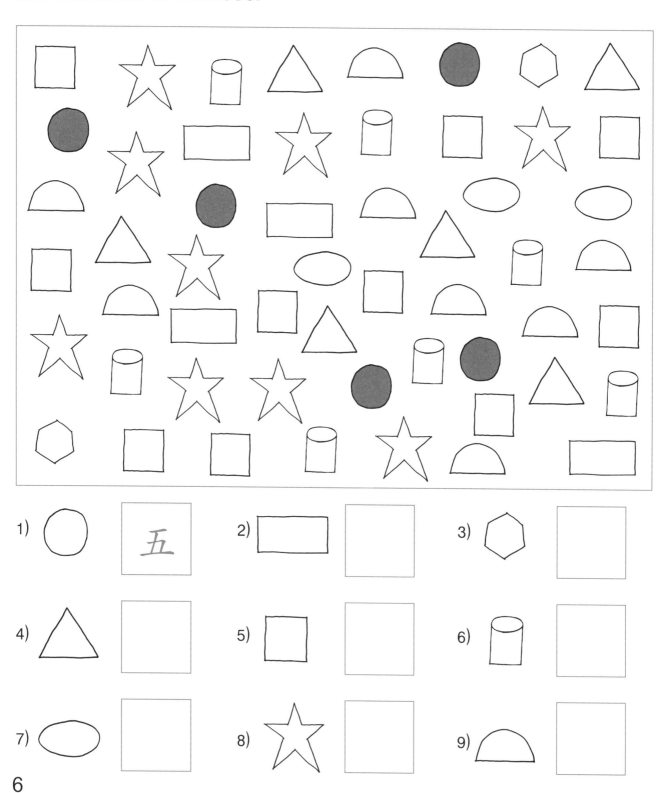

1) 五

2)

3)

4)

5)

6)

7)

8)

9)

第二課　六七八

A Write the strokes.

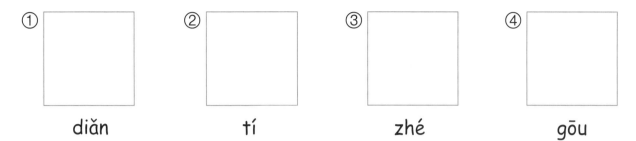

① _____ diǎn
② _____ tí
③ _____ zhé
④ _____ gōu

B Write the tones as required.

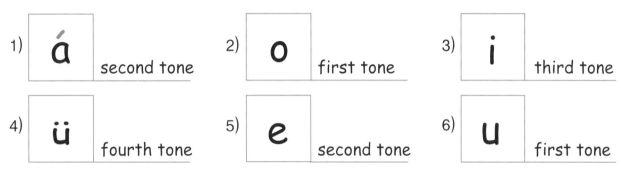

1) á — second tone
2) o — first tone
3) i — third tone
4) ü — fourth tone
5) e — second tone
6) u — first tone

C Write the numbers in Chinese.

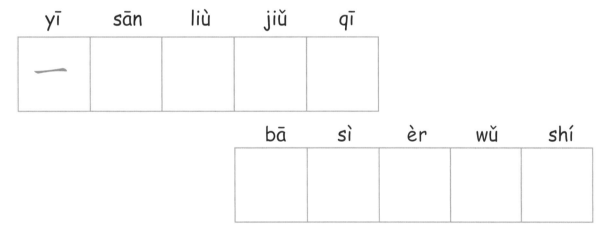

yī　sān　liù　jiǔ　qī

一

bā　sì　èr　wǔ　shí

D Count the strokes of each character.

① yī　一　1
② shí　十
③ liù　六
④ qī　七

7

第二課　六七八

Draw the animals as required in the zoo.

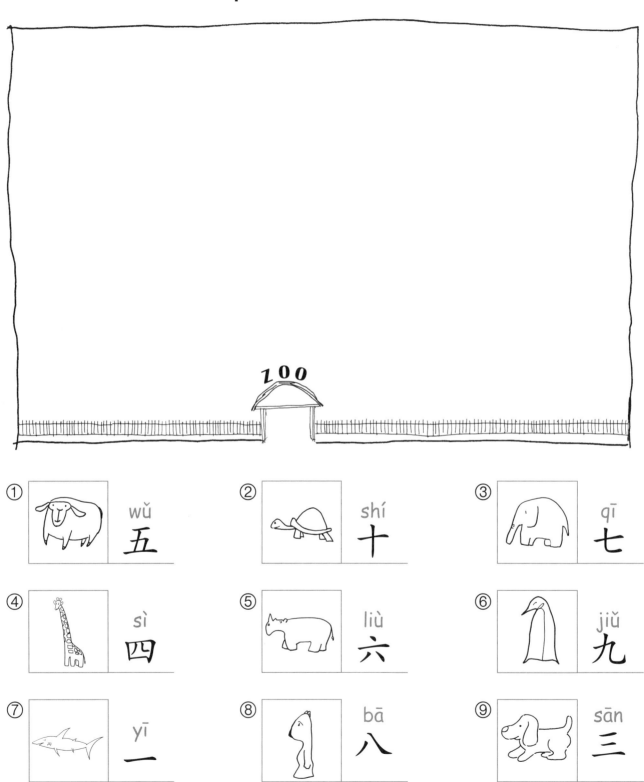

① wǔ 五

② shí 十

③ qī 七

④ sì 四

⑤ liù 六

⑥ jiǔ 九

⑦ yī 一

⑧ bā 八

⑨ sān 三

第三課　老師，您好

A Write the numbers in Chinese.

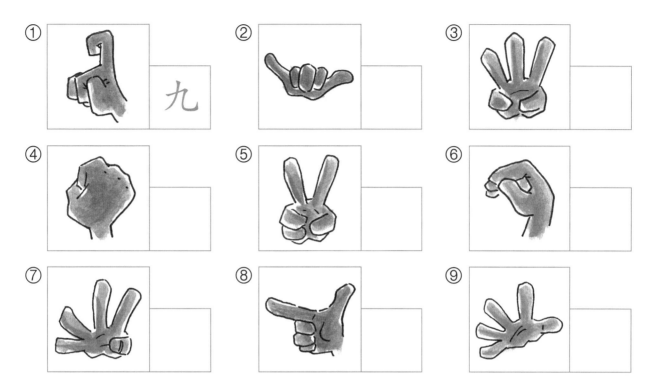

① 九

②

③

④

⑤

⑥

⑦

⑧

⑨

B Write the radicals.

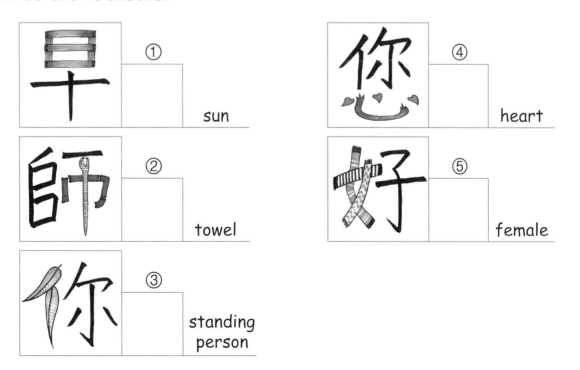

① sun

② towel

③ standing person

④ heart

⑤ female

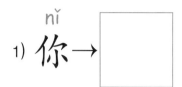

A Draw the structure of each character.

nǐ
1) 你 →

hǎo
2) 好 →

lǎo
3) 老 →

zǎo
4) 早 →

shī
5) 師 →

nín
6) 您 →

B Read and match.

1) 你 • —————— • a) nǐ

2) 好 • • b) nín

3) 您 • • c) zǎo

4) 再 • • d) jiàn

5) 早 • • e) hǎo

6) 見 • • f) zài

C Write the strokes.

1) ☐ héng

2) ☐ piě

3) ☐ zhé

4) ☐ diǎn

5) ☐ shù

6) ☐ gōu

7) ☐ nà

8) ☐ tí

第三課　老師，您好

A　Write the numbers in Chinese.

①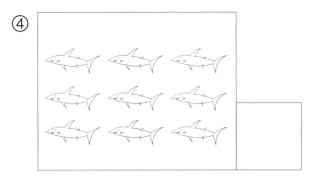

②

③

④

⑤

⑥

B　Count the strokes of each character.

① jiǔ
九　2

② nǐ
你

③ zǎo
早

④ hǎo
好

⑤ zài
再

⑥ liù
六

⑦ jiàn
見

⑧ nín
您

11

第三課　老師，您好

Group the pinyin in the box and then write them out.

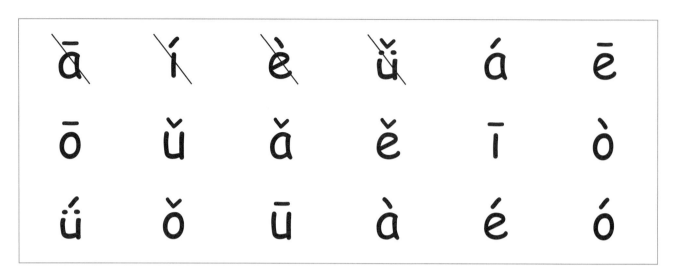

ā　í　è　ǔ　á　ē

ō　ǔ　ǎ　ě　ī　ò

ú　ǒ　ū　à　é　ó

first tone

ā

second tone

í

third tone

ǔ

fourth tone

è

第四課　對不起

A Write the numbers in Chinese.

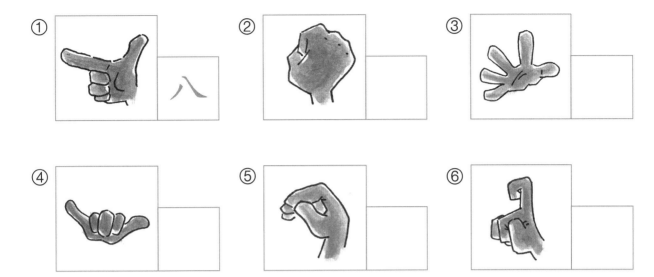

① 八
②
③
④
⑤
⑥

B Write the radicals.

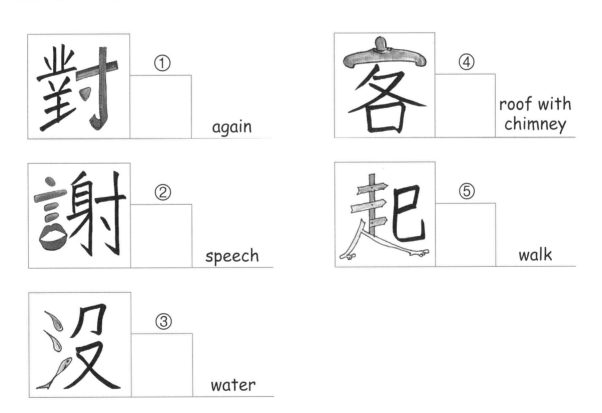

① again

② speech

③ water

④ roof with chimney

⑤ walk

第四課　對不起

A Draw the structure of each character.

1) nǐ 你 → ☐

2) qǐ 起 → ☐

3) xiè 謝 → ☐

4) zǎo 早 → ☐

5) lǎo 老 → ☐

6) nín 您 → ☐

7) hǎo 好 → ☐

8) shī 師 → ☐

9) méi 沒 → ☐

B Write the numbers in Chinese.

① 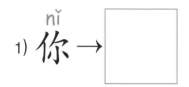 九

②

③

④

⑤

⑥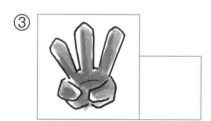

⑦

⑧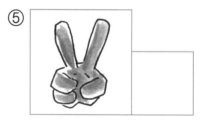

⑨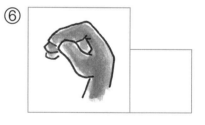

第四課　對不起

A **Find the missing character and then fill it in.**

①

duì [　] qǐ
對 [　] 起!

不　十　二

②
méi [　] xi
沒 [　] 係。

八　九　關

③
xiè xie [　]
謝 謝 [　] !

早　十　你

④
bú [　] qi
不 [　] 氣。

見　客　老

B **Count the strokes of each character.**

① nǐ 你 7 　② zǎo 早 　③ nín 您 　④ hǎo 好

⑤ bù 不 　⑥ qǐ 起 　⑦ méi 沒 　⑧ kè 客

第四課　對不起

A Write the strokes.

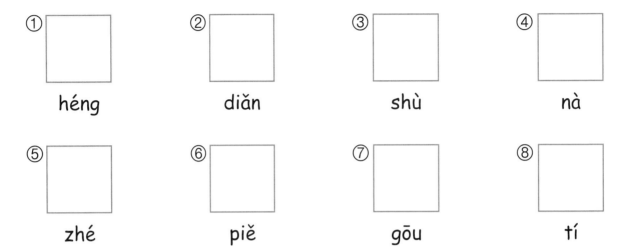

① [ ] héng

② [ ] diǎn

③ [ ] shù

④ [ ] nà

⑤ [ ] zhé

⑥ [ ] piě

⑦ [ ] gōu

⑧ [ ] tí

B Write the numbers in Chinese.

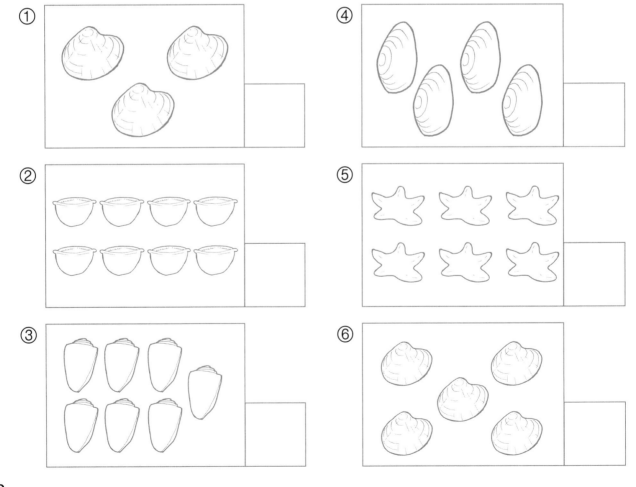

①

②

③

④

⑤

⑥

第五課　我姓王

A Find the missing character and then fill it in.

① shén me

④ míng zi

② duì bu qǐ

⑤ xiè xie nǐ

③ méi guān xi

⑥ bú kè qi

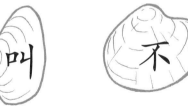

B Write the tones.

① wo 我　② ni 你　③ zi 字　④ bu 不　⑤ qi 起　⑥ shi 師

第五課　我姓王

A Fill in the missing numbers.

B Write the radicals.

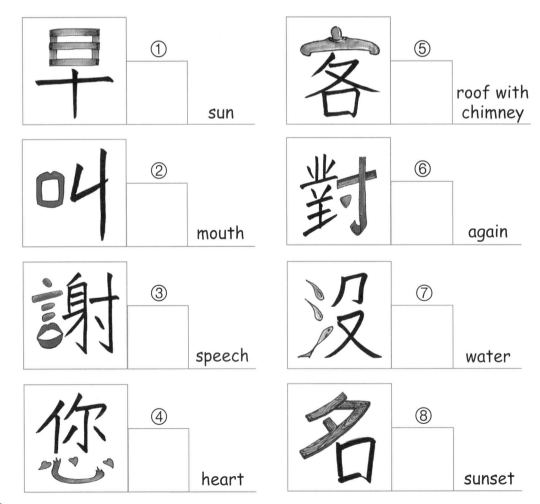

① ____ sun

② ____ mouth

③ ____ speech

④ ____ heart

⑤ ____ roof with chimney

⑥ ____ again

⑦ ____ water

⑧ ____ sunset

第五課　我姓王

A Write the strokes.

héng	shù	tí	nà	piě	zhé
①	②	③	④	⑤	⑥

B Write the radicals.

① mouth	② sunset	③ roof with chimney
④ speech	⑤ water	⑥ walk
⑦ again	⑧ towel	⑨ heart
⑩ female	⑪ sun	⑫ standing person

C Match the word with pinyin.

① 姓　② 我　③ 你　④ 好　⑤ 早　⑥ 叫

ⓐ nǐ　ⓑ xìng　ⓒ hǎo　ⓓ wǒ　ⓔ jiào　ⓕ zǎo

第五課　我姓王

Draw four of your friends and then write their names.

①

míng zi
名字：＿＿＿＿＿＿

②

míng zi
名字：＿＿＿＿＿＿

③

míng zi
名字：＿＿＿＿＿＿

④

míng zi
名字：＿＿＿＿＿＿

第六課　我的家人

A **Write the characters.**

①  bà　ba

② 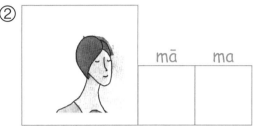 mā　ma

③  mèi　mei

④  sān　kǒu　rén

B **Read and match.**

nǐ xìng shén me
1) 你姓什麼？

wǒ jiào tiān yī
a) 我叫天一。

nǐ jiào shén me míng zi
2) 你叫什麼名字？

sì kǒu rén
b) 四口人。

nǐ jiā yǒu jǐ kǒu rén
3) 你家有幾口人？

wǒ xìng wáng
c) 我姓王。

nǐ jiā yǒu shéi
4) 你家有誰？

bà ba　　mā ma　　mèi mei hé wǒ
d) 爸爸、媽媽、妹妹和我。

C **Write the pinyin for each character.**

① 我

② 五

③ 七

④ 你

⑤ 八

第六課　我的家人

A Join the parts to make characters and then write them out.

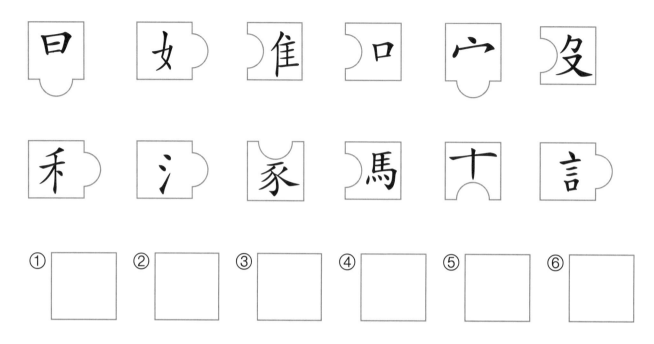

① ☐　② ☐　③ ☐　④ ☐　⑤ ☐　⑥ ☐

B Write the radicals.

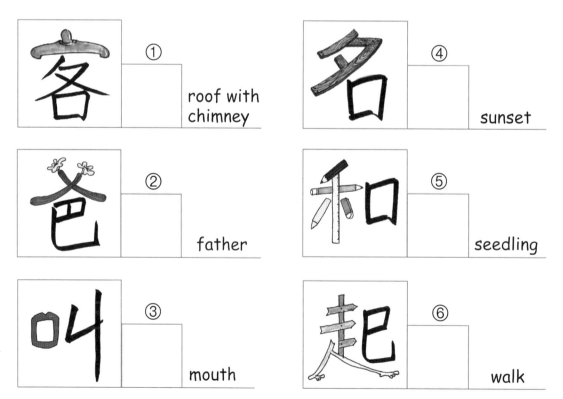

① roof with chimney

② father

③ mouth

④ sunset

⑤ seedling

⑥ walk

第六課　我的家人

Find the pinyin in the picture and then write them above the characters.

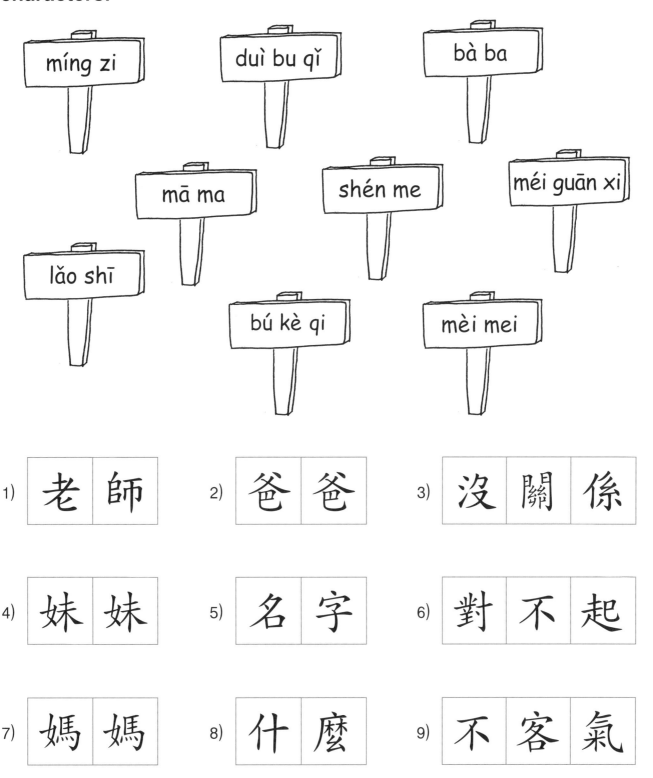

míng zi

duì bu qǐ

bà ba

mā ma

shén me

méi guān xi

lǎo shī

bú kè qi

mèi mei

1) 老 師

2) 爸 爸

3) 沒 關 係

4) 妹 妹

5) 名 字

6) 對 不 起

7) 媽 媽

8) 什 麼

9) 不 客 氣

第六課　我的家人

Draw your family members, label each member in Chinese and then write a paragraph about your family.

這是 _____

_____

_____

_____

Words:

a) bà ba 爸爸

b) mā ma 媽媽

c) gē ge 哥哥

d) jiě jie 姐姐

e) dì di 弟弟

f) mèi mei 妹妹

g) wǒ 我

第七課　哥哥八歲

A Write the characters.

① bà　ba

④ 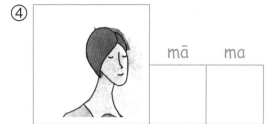 mā　ma

②  mèi　mei

⑤  gē　ge

③  dì　di

⑥  sān　kǒu　rén

B Read and match.

nǐ xìng shén me
1) 你姓什麼？

bā suì
a) 八歲。

nǐ jiào shén me míng zi
2) 你叫什麼名字？

wǒ xìng wáng
b) 我姓王。

nǐ jǐ suì
3) 你幾歲？

wǒ jiào tiān yī
c) 我叫天一。

nǐ yǒu gē ge ma
4) 你有哥哥嗎？

yǒu　wǒ yǒu yí ge gē ge
d) 有。我有一個哥哥。

nǐ jiā yǒu jǐ kǒu rén
5) 你家有幾口人？

wǒ jiā yǒu wǔ kǒu rén
e) 我家有五口人。

25

第七課　哥哥八歲

A Write the radicals.

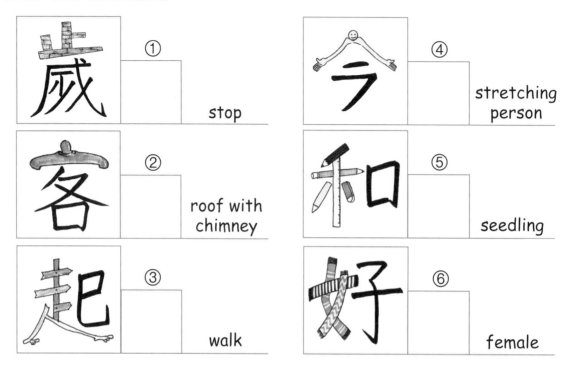

① _____ stop

② _____ roof with chimney

③ _____ walk

④ _____ stretching person

⑤ _____ seedling

⑥ _____ female

B Write the meaning of each word.

① shén me 什麼 what

② míng zi 名字

③ méi yǒu 沒有

④ dì di 弟弟

⑤ gē ge 哥哥

⑥ mèi mei 妹妹

⑦ mā ma 媽媽

⑧ bà ba 爸爸

C Write the numbers in Chinese.

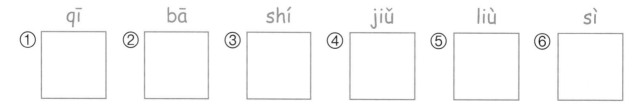

① qī _____

② bā _____

③ shí _____

④ jiǔ _____

⑤ liù _____

⑥ sì _____

第七課　哥哥八歲

A Draw the structure of each character.

1) ma 嗎 → ☐

2) tā 他 → ☐

3) bà 爸 → ☐

4) méi 沒 → ☐

5) hé 和 → ☐

6) jiā 家 → ☐

B Complete the conversations in characters, otherwise in pinyin.

第七課　哥哥八歲

A Put the correct tone above the pinyin.

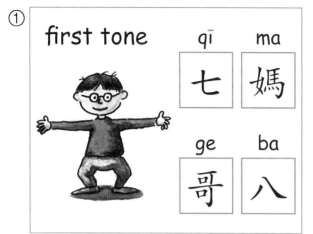

① first tone

qī 七　ma 媽
ge 哥　ba 八

② second tone

he 和

③ third tone

wu 五　ji 幾
ni 你

④ fourth tone

si 四　ba 爸
di 弟

B Connect the matching characters to form words.

1) nǐ 你　2) míng 名　3) shén 什　4) nín 您　5) lǎo 老　6) zài 再

a) zì 字　b) hǎo 好　c) me 麼　d) shī 師　e) jiàn 見　f) zǎo 早

第八課　我喜歡藍色

Tick the colours you use to colour in the picture.

yán sè
顏色：

hóng sè
☐ a) 紅色

bái sè
☐ b) 白色

hēi sè
☐ c) 黑色

huáng sè
☐ d) 黃色

lán sè
☐ e) 藍色

lǜ sè
☐ f) 綠色

zǐ sè
☐ g) 紫色

chéng sè
☐ h) 橙色

zōng sè
☐ i) 棕色

huī sè
☐ j) 灰色

fěn sè
☐ k) 粉色

第八課　我喜歡藍色

A Colour in the pictures as required.

①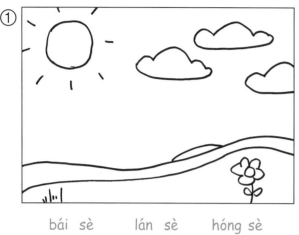

bái sè　lán sè　hóng sè
白色、藍色、紅色

②

hēi sè　bái sè
黑色、白色

③

hóng sè　huáng sè　hēi sè
紅色、黃色、黑色

④

lán sè　huáng sè　hóng sè
藍色、黃色、紅色

B Find the radical of each character and then write it out.

ma
1) 嗎 →

yán
2) 顏 →

huān
3) 歡 →

lán
4) 藍 →

hóng
5) 紅 →

xǐ
6) 喜 →

sè
7) 色 →

qǐ
8) 起 →

第八課 我喜歡藍色

A Write the radicals.

① ☐ page

② ☐ water

③ ☐ folding knife

④ ☐ speech

⑤ ☐ mouth

⑥ ☐ sunset

⑦ ☐ roof with chimney

⑧ ☐ standing person

⑨ ☐ heart

B Colour in the pictures as required.

① hēi sè 黑色

② hóng sè 紅色

③ hēi sè 黑色、 bái sè 白色

④ hóng sè 紅色、 bái sè 白色

⑤ hēi sè 黑色、 bái sè 白色

⑥ huáng sè 黃色、 hēi sè 黑色

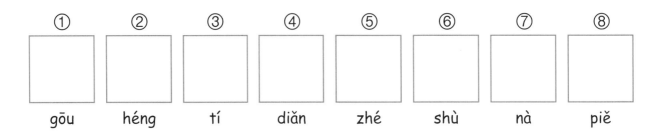

第八課　我喜歡藍色

A Write the strokes.

①	②	③	④	⑤	⑥	⑦	⑧
gōu	héng	tí	diǎn	zhé	shù	nà	piě

B Find the radicals and write them out.

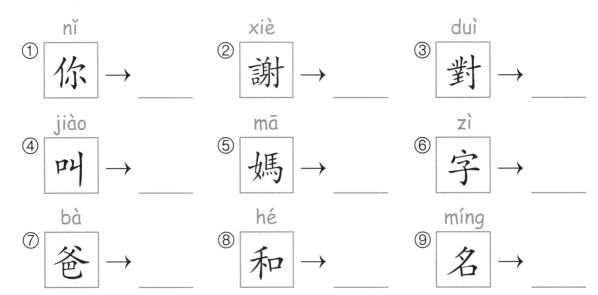

① nǐ　你 → ＿＿＿

② xiè　謝 → ＿＿＿

③ duì　對 → ＿＿＿

④ jiào　叫 → ＿＿＿

⑤ mā　媽 → ＿＿＿

⑥ zì　字 → ＿＿＿

⑦ bà　爸 → ＿＿＿

⑧ hé　和 → ＿＿＿

⑨ míng　名 → ＿＿＿

C Read and match.

☐ 1) nǐ jiào shén me míng zi
你叫什麼名字？

a) sì kǒu rén
四口人。

☐ 2) nǐ jiā yǒu jǐ kǒu rén
你家有幾口人？

b) wǒ jiào wáng tiān yī
我叫王天一。

☐ 3) nǐ jǐ suì
你幾歲？

c) liù suì
六歲。

☐ 4) nǐ xǐ huan shén me yán sè
你喜歡什麼顏色？

d) hóng sè hé huáng sè
紅色和黃色。

第九課　我們的校服

Colour in the pictures. Tick the colours you use.

yán sè
顏色 :

☐	a) hóng sè 紅色
☐	b) bái sè 白色
☐	c) hēi sè 黑色
☐	d) huáng sè 黃色
☐	e) lán sè 藍色
☐	f) lǜ sè 綠色
☐	g) zǐ sè 紫色
☐	h) chéng sè 橙色
☐	i) zōng sè 棕色
☐	j) huī sè 灰色
☐	k) fěn sè 粉色

第九課　我們的校服

A Colour in the clothes as required.

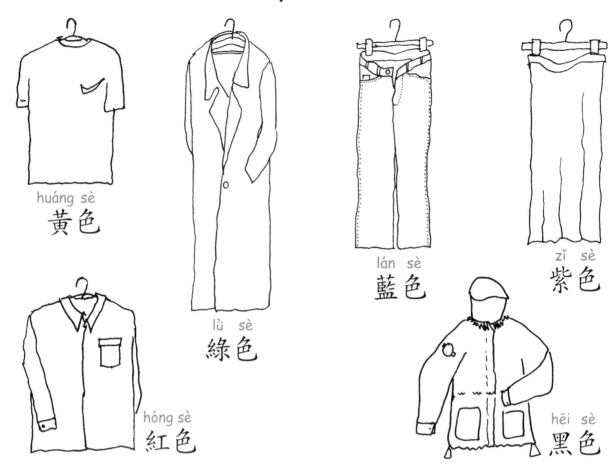

huáng sè
黃色

lù sè
綠色

lán sè
藍色

zǐ sè
紫色

hóng sè
紅色

hēi sè
黑色

B Write the radicals.

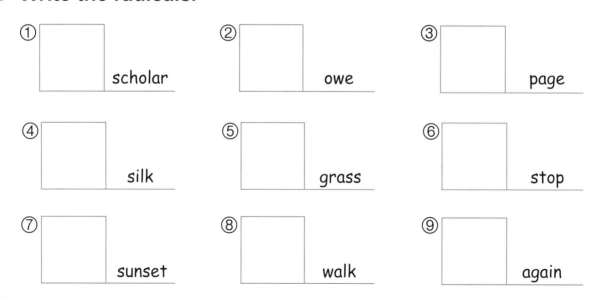

① scholar

② owe

③ page

④ silk

⑤ grass

⑥ stop

⑦ sunset

⑧ walk

⑨ again

第九課　我們的校服

A Draw pictures as required.

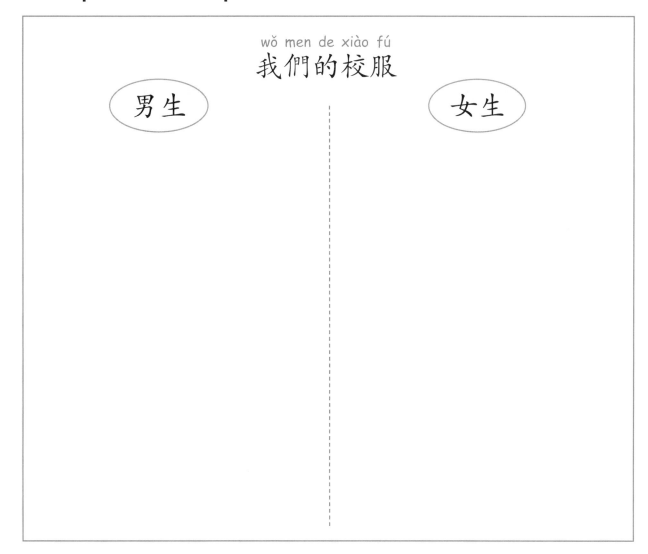

B Fill in the missing numbers.

①

| 一 | | 三 | | 五 | | 七 | |

②

| 三 | | | 六 | | | 十 |

第九課　我們的校服

A Write the radicals.

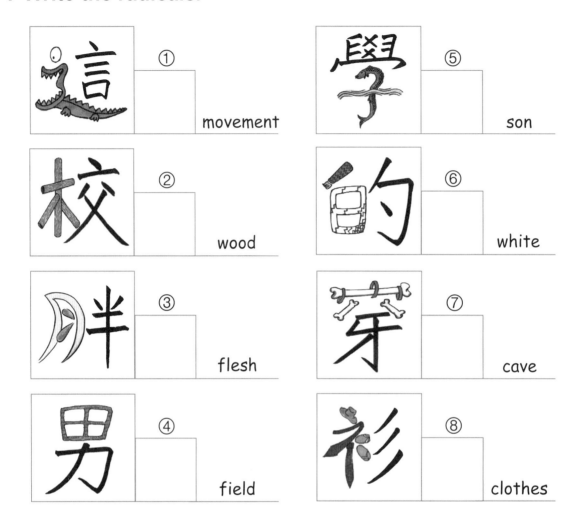

① ____ movement

② ____ wood

③ ____ flesh

④ ____ field

⑤ ____ son

⑥ ____ white

⑦ ____ cave

⑧ ____ clothes

B Fill in the missing pinyin.

h	l	j	m	x	sh	q	ch

1) 姐 ___ iě　　2) 校 ___ iào　　3) 老 ___ ǎo　　4) 裙 ___ ún

5) 穿 ___ uān　　6) 和 ___ é　　7) 妹 ___ èi　　8) 衫 ___ ān

第十課　我的姐姐

A Write the numbers in Chinese.

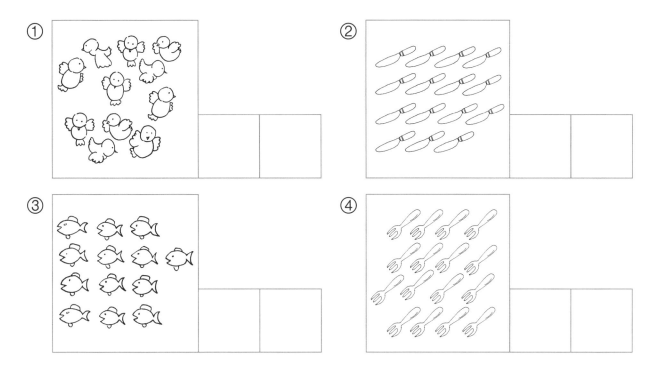

B Write the radicals.

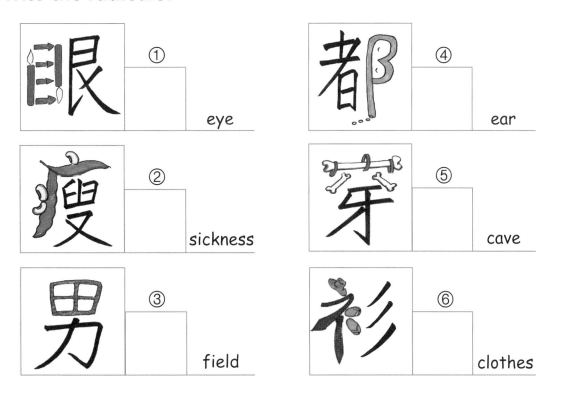

① _____ eye

② _____ sickness

③ _____ field

④ _____ ear

⑤ _____ cave

⑥ _____ clothes

第十課　我的姐姐

A Read and match.

1) nǐ jiào shén me míng zi
   你叫什麼名字？

2) nǐ jiā yǒu jǐ kǒu rén
   你家有幾口人？

3) nǐ jiā yǒu shéi
   你家有誰？

4) nǐ jǐ suì
   你幾歲？

5) nǐ xǐ huan shén me yán sè
   你喜歡什麼顏色？

6) nǐ xǐ huan chuān xiào fú ma
   你喜歡穿校服嗎？

a) bà ba mā ma hé wǒ
   爸爸、媽媽和我。

b) wǒ jiào huáng xiǎo hóng
   我叫黃小紅。

c) lán sè hé bái sè
   藍色和白色。

d) sān kǒu rén
   三口人。

e) bù xǐ huan
   不喜歡。

f) bā suì
   八歲。

B Draw one animal which has the special feature.

dà yǎn jing 大眼睛　①	② xiǎo bí zi 小鼻子
③ xiǎo zuǐ ba 小嘴巴	④ dà tóu 大頭

第十課　我的姐姐

Find the correct chatacters and write them down.

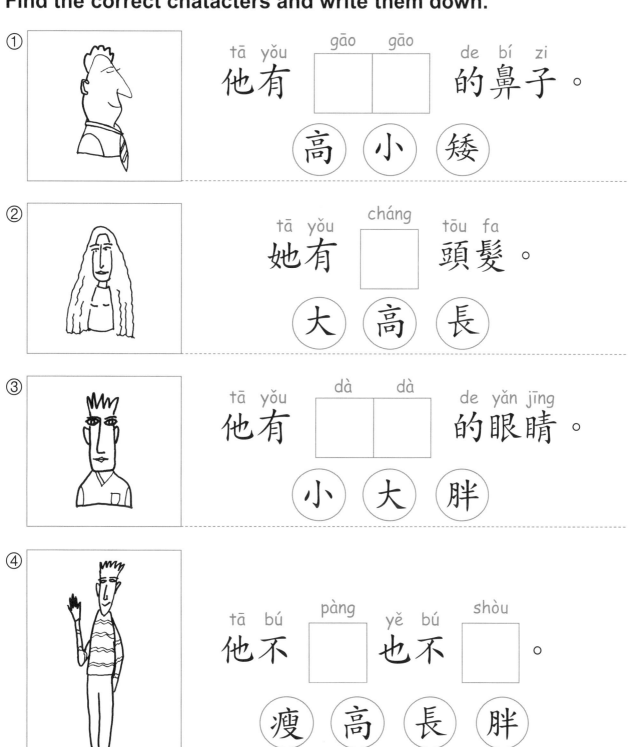

① tā yǒu ｜ gāo ｜ gāo ｜ de bí zi
他有 ☐ ☐ 的鼻子。

高　小　矮

② tā yǒu ｜ cháng ｜ tōu fa
她有 ☐ 頭髮。

大　高　長

③ tā yǒu ｜ dà ｜ dà ｜ de yǎn jīng
他有 ☐ ☐ 的眼睛。

小　大　胖

④ tā bú ｜ pàng ｜ yě bú ｜ shòu
他不 ☐ 也不 ☐ 。

瘦　高　長　胖

第十課　我的姐姐

A Draw people according to the descriptions.

①

tā bú pàng　　tā yǒu dà yǎn jing
她不胖。她有大眼睛、
xiǎo bí zi hé dà zuǐ ba
小鼻子和大嘴巴。

②

tā bú pàng yě bú shòu　　tā yǒu xiǎo
他不胖也不瘦。他有小
yǎn jing　　gāo bí zi hé xiǎo zuǐ ba
眼睛、高鼻子和小嘴巴。

B Connect the matching characters to form words.

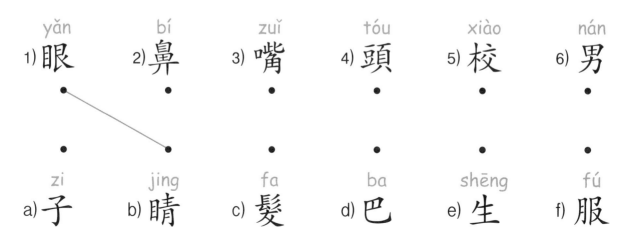

yǎn
1) 眼

bí
2) 鼻

zuǐ
3) 嘴

tóu
4) 頭

xiào
5) 校

nán
6) 男

zi
a) 子

jing
b) 睛

fa
c) 髮

ba
d) 巴

shēng
e) 生

fú
f) 服

第十一課　我的寵物

Colour in the picture and then tick the colours you use.

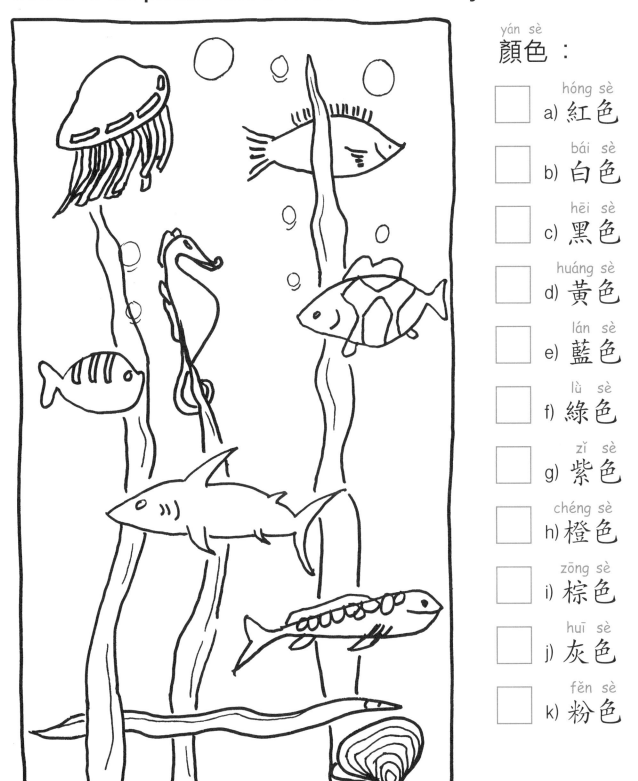

yán sè
顏色：

☐	a) hóng sè 紅色
☐	b) bái sè 白色
☐	c) hēi sè 黑色
☐	d) huáng sè 黃色
☐	e) lán sè 藍色
☐	f) lǜ sè 綠色
☐	g) zǐ sè 紫色
☐	h) chéng sè 橙色
☐	i) zōng sè 棕色
☐	j) huī sè 灰色
☐	k) fěn sè 粉色

第十一課　我的寵物

A Find the radical of each character and then write it out.

1) dòng 動 → ☐
2) wù 物 → ☐
3) hěn 很 → ☐
4) chǒng 寵 → ☐

5) zhè 這 → ☐
6) lán 藍 → ☐
7) hóng 紅 → ☐
8) yán 顏 → ☐

9) dōu 都 → ☐
10) yǎn 眼 → ☐
11) shòu 瘦 → ☐
12) huān 歡 → ☐

B Draw pictures and then colour them in.

①
nǐ xǐ huan de dòng wù
你喜歡的動物?

②
huáng sè de māo
黃色的貓

③
hóng sè de yú
紅色的魚

第十一課　我的寵物

B Colour in the pictures as required.

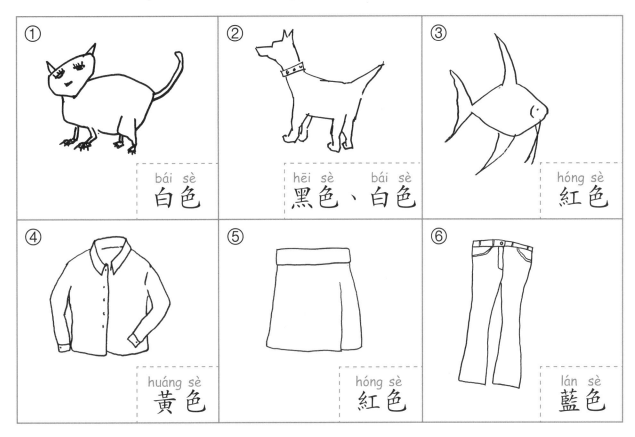

① bái sè
白色

② hēi sè　bái sè
黑色、白色

③ hóng sè
紅色

④ huáng sè
黃色

⑤ hóng sè
紅色

⑥ lán sè
藍色

B Write the radicals.

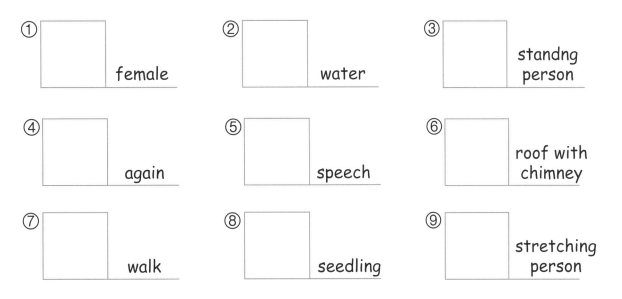

① female

② water

③ standng person

④ again

⑤ speech

⑥ roof with chimney

⑦ walk

⑧ seedling

⑨ stretching person

第十一課　我的寵物

A Read and match.

1) lǎo shī　nín hǎo
　老師，您好！

2) zài jiàn
　再見！

3) duì bu qǐ
　對不起！

4) xiè xie nǐ
　謝謝你！

5) nǐ jiā yǒu jǐ kǒu rén
　你家有幾口人？

a) zài jiàn
　再見！

b) méi guān xi
　沒關係。

c) bú kè qi
　不客氣。

d) nǐ hǎo
　你好！

e) sì kǒu rén
　四口人。

B Find the correct characters and write them down.

① 　bà ba xǐ huan yǎng　爸爸喜歡養 〔mǎ〕。　馬　眼　狗

② 　mèi mei xǐ huan yǎng　妹妹喜歡養 〔yú〕。　魚　頭　大

③ 　wǒ xǐ huan yǎng　我喜歡養 〔māo〕。　貓　男　小

④ 　〔gǒu〕 yǒu dà da de zuǐ ba　有大大的嘴巴。　女　狗　鼻

第十二課　水果和蔬菜

Colour in the pictures. Tick the colours you use.

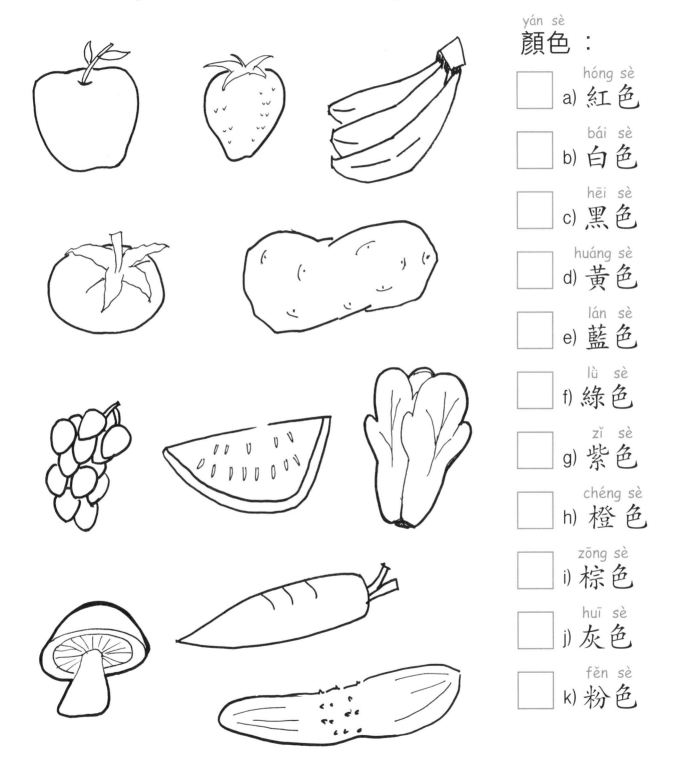

yán sè
顏色：

☐ a) 紅色 (hóng sè)

☐ b) 白色 (bái sè)

☐ c) 黑色 (hēi sè)

☐ d) 黃色 (huáng sè)

☐ e) 藍色 (lán sè)

☐ f) 綠色 (lǜ sè)

☐ g) 紫色 (zǐ sè)

☐ h) 橙色 (chéng sè)

☐ i) 棕色 (zōng sè)

☐ j) 灰色 (huī sè)

☐ k) 粉色 (fěn sè)

第十二課 水果和蔬菜

A **Draw pictures and then colour them in.**

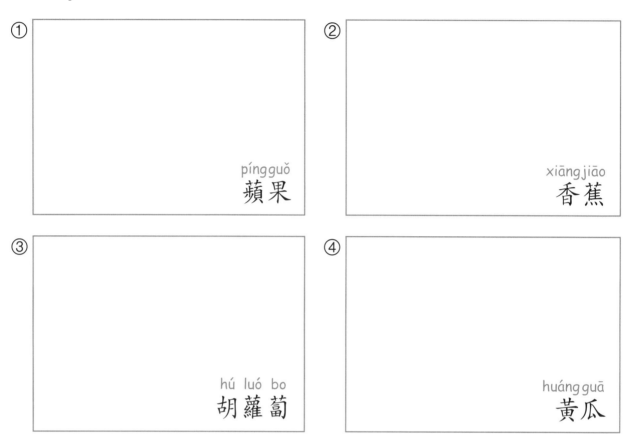

① ～ píng guǒ 蘋果

② ～ xiāng jiāo 香蕉

③ ～ hú luó bo 胡蘿蔔

④ ～ huáng guā 黃瓜

B **Write the radicals.**

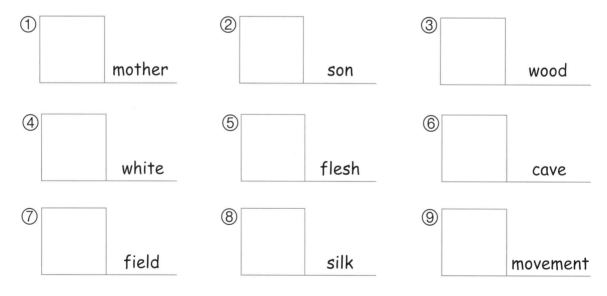

① mother

② son

③ wood

④ white

⑤ flesh

⑥ cave

⑦ field

⑧ silk

⑨ movement

第十二課　水果和蔬菜

A Write the numbers in Chinese.

① 　　　　　　58

② 　　　　　　36

B Rearrange the words to make sentences. Number the words.

1) 喜歡 / 吃 / 我 / 香蕉 / 。
   xǐ huan chī wǒ xiāng jiāo
   ②　　③　　①　　④

2) 吃 / 每天 / 蘋果 / 我 / 都 / 。
   chī měi tiān píng guǒ wǒ dōu

3) 我 / 喜歡 / 胡蘿蔔 / 不 / 吃 / 。
   wǒ xǐ huan hú luó bo bù chī

4) 養 / 我 / 寵物 / 喜歡 / 。
   yǎng wǒ chǒng wù xǐ huan

5) 大大的 / 眼睛 / 有 / 她 / 。
   dà dà de yǎn jing yǒu tā

C Write one character for each radical.

1) 口 →

2) 艹 →

3) 母 →

4) 犭 →

5) 夕 →

6) 宀 →

7) 氵 →

8) 目 →

47

第十二課　水果和蔬菜

A Colour in the pictures as required.

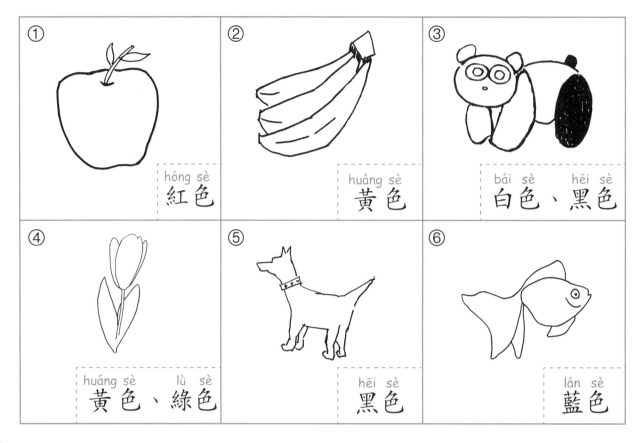

① hóng sè 紅色

② huáng sè 黃色

③ bái sè 白色、hēi sè 黑色

④ huáng sè 黃色、lǜ sè 綠色

⑤ hēi sè 黑色

⑥ lán sè 藍色

B Find the common radical and then write it out.

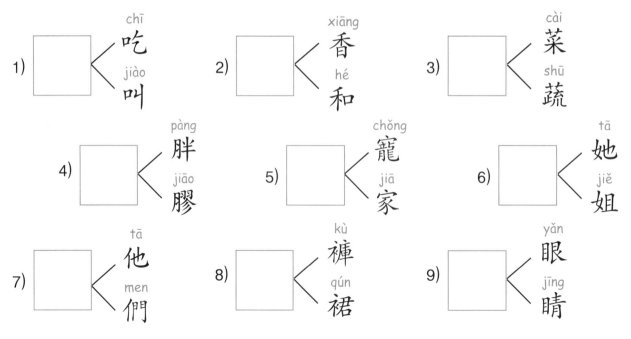

1) chī 吃 jiào 叫

2) xiāng 香 hé 和

3) cài 菜 shū 蔬

4) pàng 胖 jiāo 膠

5) chǒng 寵 jiā 家

6) tā 她 jiě 姐

7) tā 他 men 們

8) kù 褲 qún 裙

9) yǎn 眼 jīng 睛

第十三課　我喜歡快餐

Colour in the pictures. Tick the colours you use.

yán sè
顏色：

☐ a) 紅色　hóng sè

☐ b) 白色　bái sè

☐ c) 黑色　hēi sè

☐ d) 黃色　huáng sè

☐ e) 藍色　lán sè

☐ f) 綠色　lǜ sè

☐ g) 紫色　zǐ sè

☐ h) 橙色　chéng sè

☐ i) 棕色　zōng sè

☐ j) 灰色　huī sè

☐ k) 粉色　fěn sè

第十三課　我喜歡快餐

A Connect the matching characters.

1) 熱 rè •　• 樂 lè

2) 可 kě •　• 狗 gǒu

3) 果 guǒ •　• 食 shí

4) 零 líng •　• 果 guǒ

5) 糖 táng •　• 汁 zhī

6) 蔬 shū •　• 餐 cān

7) 快 kuài •　• 菜 cài

B Find the radical of each character and then write it out.

1) 快 kuài →　☐

2) 零 líng →　☐

3) 糖 táng →　☐

4) 和 hé →　☐

5) 喝 hē →　☐

6) 名 míng →　☐

7) 字 zì →　☐

8) 早 zǎo →　☐

9) 姓 xìng →　☐

10) 您 nín →　☐

11) 師 shī →　☐

12) 謝 xiè →　☐

C Rearrange the words to make sentences. Number the words.

1) 吃 chī / 漢堡包 hàn bǎo bāo / 弟弟 dì di / 喜歡 xǐ huan / 。
　③　　　④　　　①　　　②

2) 不 bù / 我 wǒ / 糖果 táng guǒ / 喜歡 xǐ huan / 吃 chī / 。

3) 喝 hē / 哥哥 gē ge / 每天 měi tiān / 可樂 kě lè / 都 dōu / 。

50

第十三課　我喜歡快餐

A Colour in the items as required.

1) Fast-food: 紅色 (hóng sè)　2) Drinks: 藍色 (lán sè)　3) Fruits: 黃色 (huáng sè)

4) Vegetable: 綠色 (lù sè)　5) Snacks: 紫色 (zǐ sè)　6) Stationery: 粉色 (fěn sè)

B Find the characters in the box to make words.

| guā 瓜 | kuài 快 | shí 食 | shuǐ 水 | cài 菜 | xiāng 香 | gǒu 狗 | zhī 汁 |

1) ☐ 果 (guǒ)　2) ☐ 蕉 (jiāo)　3) 黃 ☐ (huáng)　4) 蔬 ☐ (shū)

5) ☐ 餐 (cān)　6) 熱 ☐ (rè)　7) 零 ☐ (líng)　8) 果 ☐ (guǒ)

51

第十三課　我喜歡快餐

A Circle the pinyin for the words on the right.

h	/	s	h	u	c	a	i	s
u	/	/	/	/	/	/	/	h
a	h	o	n	g	s	e	/	u
n	/	/	/	/	/	/	/	i
g	/	r	e	g	o	u	/	g
g	h	u	a	n	g	s	e	u
u	/	h	u	l	u	o	b	o
a	/	/	/	/	/	/	/	/
/	p	i	n	g	g	u	o	/

1) 黃瓜 √

2) 黃色

3) 胡蘿蔔

4) 蘋果

5) 蔬菜

6) 水果

7) 熱狗

8) 紅色

B Write the radicals.

① feeling

② heat

③ rain

④ rice

⑤ mother

⑥ strength

⑦ animal

⑧ sickness

⑨ two people

第十四課　我的文具

A Draw pictures as required and then colour them in.

①	②
shū bāo 書包	qiān bǐ 鉛筆
③	④
chǐ zi 尺子	wén jù hé 文具盒

B Rearrange the words to make sentences. Number the words.

1)
yǒu　　qiān bǐ　　wěn jù hé　li
有 / 鉛筆 / 文具盒裏 / 。
② 　　　③ 　　　　　①

2)
dōu　　chī　　mèi mei　　měi tiān　　táng guǒ
都 / 吃 / 妹妹 / 每天 / 糖果 / 。

3)
wǒ de shū bāo li　　méi yǒu　　běn zi
我的書包裏 / 沒有 / 本子 / 。

4)
bù　　bà ba　　hē　　xǐ huan　　kě lè
不 / 爸爸 / 喝 / 喜歡 / 可樂 / 。

5)
māo　　mā ma　　gǒu　　xǐ huan　　hé
貓 / 媽媽 / 狗 / 喜歡 / 和 / 。

第十四課　我的文具

A Write the radicals.

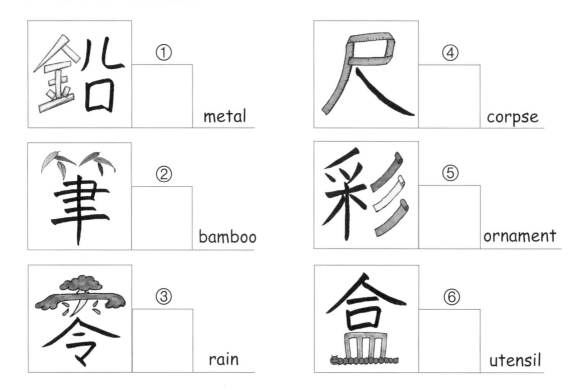

① metal

④ corpse

② bamboo

⑤ ornament

③ rain

⑥ utensil

B Draw pictures and then colour them in.

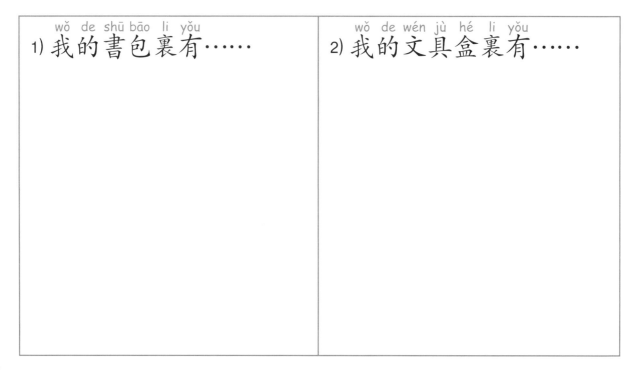

wǒ de shū bāo li yǒu
1) 我的書包裏有……

wǒ de wén jù hé li yǒu
2) 我的文具盒裏有……

第十四課　我的文具

A Read and match.

1) 你的書包裏有什麼？
nǐ de shū bāo li yǒu shén me

a) 熱狗和漢堡包。
rè gǒu hé hàn bǎo bāo

2) 你的文具盒裏有什麼？
nǐ de wén jù hé li yǒu shén me

b) 文具盒和本子。
wén jù hé hé běn zi

3) 男生穿什麼校服？
nán shēng chuān shén me xiào fú

c) 狗、貓和魚。
gǒu māo hé yú

4) 你喜歡吃什麼？
nǐ xǐ huan chī shén me

d) 襯衫和褲子。
chèn shān hé kù zi

5) 你喜歡養什麼寵物？
nǐ xǐ huan yǎng shén me chǒng wù

e) 鉛筆、橡皮和尺子。
qiān bǐ xiàng pí hé chǐ zi

B Colour in the items as required.

1) Stationery: 紅色
hóng sè

2) Fast-food: 黃色
huáng sè

3) Drinks: 藍色
lán sè

4) Fruits: 綠色
lǜ sè

55

第十四課　我的文具

A **Match the pictures with the Chinese.**

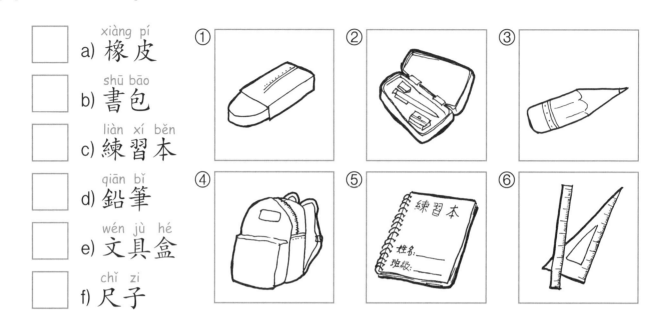

☐ a) 橡皮 (xiàng pí)	
☐ b) 書包 (shū bāo)	
☐ c) 練習本 (liàn xí běn)	
☐ d) 鉛筆 (qiān bǐ)	
☐ e) 文具盒 (wén jù hé)	
☐ f) 尺子 (chǐ zi)	

B **Circle the pinyin for the words on the right.**

s	h	u	b	a	o	/	o	/
j	u	a	n	b	i	d	a	o
c	h	i	z	i	/	/	i	a
n	e	b	e	k	/	/	j	d
w	e	n	j	u	h	e	i	n
x	i	a	n	g	p	i	t	a
c	a	i	s	e	b	i	u	i
/	/	b	e	n	z	i	g	j

1) 課本 ✓
2) 彩色筆
3) 尺子
4) 橡皮
5) 捲筆刀
6) 固體膠
7) 剪刀
8) 書包
9) 文具盒
10) 本子

第十五課　我的家

A Circle the pinyin for the words on the right.

/	w	o	m	e	n	i
/	/	o	/	/	d	h
/	y	u	s	h	i	z
w	o	s	h	i	d	o
s	h	u	c	a	i	u
s	h	u	f	a	n	g
/	k	e	t	i	n	g

1) 果汁 ✓
2) 浴室
3) 書房
4) 客廳
5) 臥室
6) 蔬菜
7) 弟弟
8) 我們

B Write the radicals.

① _____ door

② _____ household

③ _____ cliff

④ _____ utensil

⑤ _____ ornament

⑥ _____ corpse

⑦ _____ metal

⑧ _____ bamboo

⑨ _____ heat

⑩ _____ walk

⑪ _____ water

⑫ _____ speech

第十五課　我的家

A Choose the right pinyin and then write it above each character.

shūfáng

    qiānbǐ

wòshì

    chúfáng

shūbāo

    kètīng

1) 卧 室

2) 客 廳

3) 書 包

4) 廚 房

5) 書 房

6) 鉛 筆

B Find the radical of each character and then write it out.

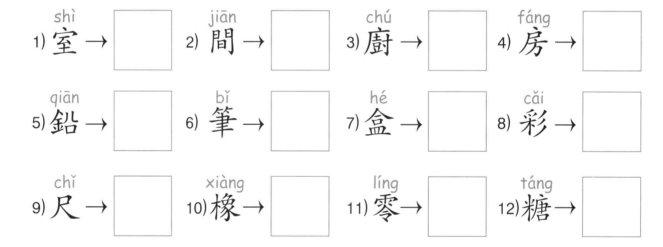

1) 室 (shì) →
2) 間 (jiān) →
3) 廚 (chú) →
4) 房 (fáng) →
5) 鉛 (qiān) →
6) 筆 (bǐ) →
7) 盒 (hé) →
8) 彩 (cǎi) →
9) 尺 (chǐ) →
10) 橡 (xiàng) →
11) 零 (líng) →
12) 糖 (táng) →

C Write the missing part of each character.

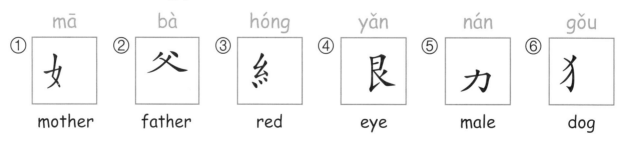

① mā 女 — mother
② bà 父 — father
③ hóng 糹 — red
④ yǎn 艮 — eye
⑤ nán 力 — male
⑥ gǒu 犭 — dog

58

第十五課　我的家

A **Draw your house/apartment and then lable each room in pinyin.**

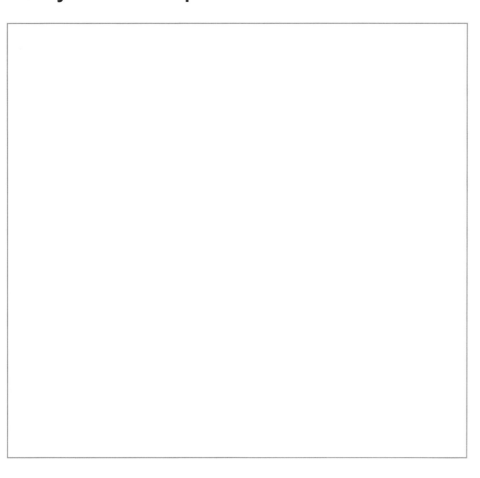

Words:

kè tīng
a) 客廳

chú fáng
b) 廚房

shū fáng
c) 書房

yù shì
d) 浴室

wò shì
e) 卧室

B **Find the characters in the box to make words.**

shí	bǐ	pí	kě	guǒ	chǐ	bāo	zhī
食	筆	皮	可	果	尺	包	汁

1) qiān 鉛 ☐

2) ☐ zi 子

3) xiàng 橡 ☐

4) shū 書 ☐

5) ☐ lè 樂

6) guǒ 果 ☐

8) líng 零 ☐

9) shuǐ 水 ☐

第十五課　我的家

Draw the things in each room and then colour in the picture.

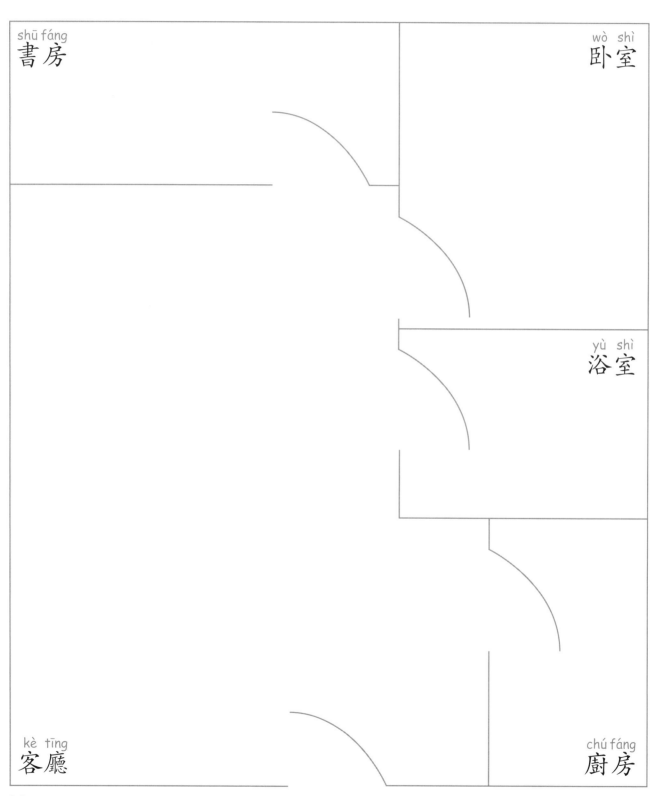

shū fáng
書房

wò shì
臥室

yù shì
浴室

kè tīng
客廳

chú fáng
廚房

第十六課　我的房間

Draw your room and then lable the items in Chinese or pinyin.

Words:

a) 牀 chuáng　　b) 衣櫃 yī guì　　c) 書桌 shū zhuō　　d) 椅子 yǐ zi　　e) 電腦 diàn nǎo　　f) 電視 diàn shì

第十六課　我的房間

A Colour in the items as required.

1) Furniture: _{hóng sè} 紅色

2) Electrical appliances: _{hēi sè} 黑色

3) Fruits and vegetables: _{huáng sè} 黃色

4) Stationery: _{lán sè} 藍色

5) Snacks: _{zǐ sè} 紫色

B Connect characters to make words.

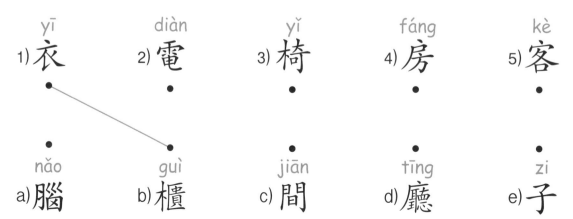

1) 衣 (yī) 2) 電 (diàn) 3) 椅 (yǐ) 4) 房 (fáng) 5) 客 (kè)

a) 腦 (nǎo) b) 櫃 (guì) c) 間 (jiān) d) 廳 (tīng) e) 子 (zi)

第十六課　我的房間

A Read and match.

1) 你喜歡喝什麼？
nǐ xǐ huan hē shén me

2) 你喜歡吃什麼？
nǐ xǐ huan chī shén me

3) 你家有幾間卧室？
nǐ jiā yǒu jǐ jiān wò shì

4) 你的房間大嗎？
nǐ de fáng jiān dà ma

5) 你的書包裏有什麼？
nǐ de shū bāo li yǒu shén me

6) 你的文具盒裏有什麼？
nǐ de wén jù hé li yǒu shén me

a) 三間。
sān jiān

b) 可樂。
kě lè

c) 鉛筆、橡皮和尺子。
qiān bǐ xiàng pí hé chǐ zi

d) 快餐。
kuài cān

e) 文具盒、書和本子。
wén jù hé shū hé běn zi

f) 不大。
bú bà

B Find the characters in the box to make words.

| zhuō | diàn | wén | yǐ | fáng | shì | kè | yī | qiān | pí | hóng | xiào |
| 桌 | 電 | 文 | 椅 | 房 | 室 | 客 | 衣 | 鉛 | 皮 | 紅 | 校 |

1) ☐ 櫃 guì

2) 書 ☐ shū

3) ☐ 子 zi

4) ☐ 腦 nǎo

5) ☐ 間 jiān

6) 卧 ☐ wò

7) ☐ 廳 tīng

8) ☐ 筆 bǐ

9) ☐ 具 jù

10) 橡 ☐ xiàng

11) ☐ 色 sè

12) ☐ 服 fú

63

第十六課　我的房間

A Match the picture with the Chinese.

chuáng
a) 牀

shā fā
b) 沙發

shū jià
c) 書架

chuáng tóu guì
d) 牀頭櫃

tái dēng
e) 台燈

diàn nǎo
f) 電腦

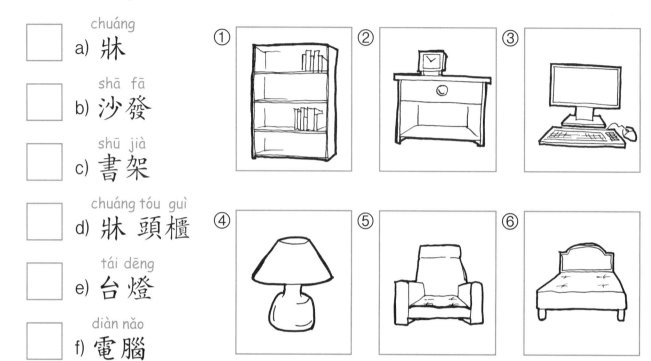

B Circie the pinyin for the words on the right.

s	/	y	i	g	u	i	/	f
/	h	o	a	b	u	h	s	a
d	i	a	n	s	h	i	s	n
/	w	n	f	/	w	/	h	g
/	o	n	/	a	e	y	u	j
/	s	a	/	/	n	i	j	i
/	h	i	/	/	j	z	i	a
/	i	d	/	/	u	i	a	n

1) 沙發 √
2) 電視
3) 椅子
4) 衣櫃
5) 房間
6) 電腦
7) 書架
8) 書包
9) 臥室
10) 文具